LABIANO DUFAUX

DIXIE ROAD

COULEUR : Marie-Paule ALLUARD

DARGAUD
EDITEUR
PARIS · BARCELONE · BRUXELLES · LAUSANNE · LONDRES · NEW YORK · STUTTGART

Dépôt légal : Janvier 1997
ISBN : 2-205-04447-8

Imprimé et relié par *Partenaires-Livres*® en décembre 1996
Printed in France

JE M'APPELLE DIXIE, J'AI 14 ANS. LA MAISON BLANCHE, LÀ, AU BORD DE LA ROUTE, C'EST MON ÉCOLE ... JE SUIS LA DERNIÈRE À RESTER EN CLASSE, LES AUTRES SONT PARTIES ...
COMME TOUS LES AUTRES JOURS, J'ATTENDS MA MÈRE. PARFOIS, ELLE NE VIENT PAS. ALORS, JE DORS CHEZ Mr. HOSPOT, MON PROFESSEUR ... JE L'AIME BIEN, IL ME LAISSE TRANQUILLE. ET C'EST TOUT CE QUE JE DEMANDE AUX GRANDES PERSONNES ...
JUSTEMENT, JE PARLE DE LUI ET LE VOILÀ QUI S'APPROCHE ... IL A UN AIR GÊNÉ QUE JE NE LUI CONNAIS PAS ... C'EST COMME ÇA QUE TOUT A COMMENCÉ : CET AIR GÊNÉ SUR LE VISAGE DE Mr. HOSPOT ...
DIXIE, IL FAUT QUE JE TE PARLE ...
OUI, Mr. HOSPOT ...
C'EST À PROPOS DE LOUIS ... TU LE VOIS RÉGULIÈREMENT, JE CROIS ...
SOUVENT, OUI ...
L'AUTRE JOUR, C'EST BIEN LUI QUI SE TROUVAIT DE L'AUTRE CÔTÉ DE LA ROUTE ?
C'EST POSSIBLE ...
1

IL A 17 ANS, C'EST ÇA ?
JE NE SAIS PAS. IL NE M'A JAMAIS DIT SON ÂGE ...
MAIS IL EST PLUS GRAND QUE MOI, ÇA OUI ... ET IL BOITE ...
ET IL EST NOIR !
COMMENT ?
OUI, IL EST NOIR. C'EST MA MERE QUI VOUS A DEMANDÉ DE M'EN PARLER ?
NON. JUSTEMENT, ELLE AURAIT PEUT-ÊTRE DÛ ...
POURQUOI ? JE SUIS ASSEZ GRANDE POUR SAVOIR CE QUE JE FAIS.
JE NE LE PENSE PAS. IL Y A DES CHOSES QUE TU IGNORES, DES REGLES A RESPECTER DONT TU T'APERCEVRAS PLUS TARD DE L'IMPORTANCE QU'ELLES PEUVENT AVOIR SUR TA VIE ...
PLUS TARD, C'EST PLUS TARD ... EN ATTENDANT, IL N'Y A QUE LUI QUI CONNAISSE AUSSI BIEN LES LÉGENDES DU BAYOU ...
AH! PARCE QU'IL T'ENTRAÎNE VERS LES BAYOUS ?
Mr. HOSPOT PENSE À DES CHOSES SALES ! LES MAINS NOIRES DE LOUIS SUR MA ROBE, SA BOUCHE QUI S'APPROCHE DE MES LEVRES ... COMME IL SE TROMPE ... COMME ILS SE TROMPENT TOUS ...
EN TOUT CAS, JE NE VEUX PLUS LE VOIR RÔDER AUTOUR DE L'ÉCOLE, C'EST COMPRIS ?
OUI, Mr. HOSPOT.
2

MA MÈRE AURAIT DÛ M'EN TOUCHER UN MOT, AVAIT PENSÉ Mr. HOSPOT... PAUVRE MAMAN ! ELLE AVAIT BIEN D'AUTRES SOUCIS EN TÊTE ... C'EST CE JOUR-LÀ QU'À LA FISHERMAN'S DREAM, LES OUVRIERS VOTÈRENT À L'UNANIMITÉ UNE MOTION POUR LA GRÈVE ...
Fisherman's Dream
... JAMAIS, IL N'Y EUT AUTANT DE VOITURES DEVANT LES BUREAUX DE LA COMPAGNIE ...
... DES HOMMES EN ARMES EN SORTIRENT. SANS UN MOT, LE VISAGE MAIGRE ET DUR ...
ET MA MÈRE PARLAIT, PARLAIT, SANS MÊME SE RENDRE COMPTE DE LEUR PRÉSENCE ...
SI NOUS AVONS CONSENTI À DES SACRIFICES L'ANNÉE PASSÉE, C'EST PARCE QUE VOUS NOUS AVIEZ PROMIS CETTE AUGMENTATION DÈS QUE LES COURS SE RÉTABLIRAIENT ...
MAIS, CE N'EST PAS LE CAS !... BON SANG, JE NE CESSE DE VOUS LE RÉPÉTER !...
LE PAYS TOUT ENTIER CONNAÎT UNE RÉCESSION QUI NOUS FRAPPE AUSSI DUREMENT QUE VOUS ! MON PÈRE, EN TANT QUE PRÉSIDENT DE L'ASSOCIATION DES PATRONS, N'A FAIT QU'APPROUVER CE QUE LA MAJORITÉ DE SES COLLÈGUES AVAIT DÉCIDÉ !
OUAIS !... LES MÊMES TARIFS DANS TOUTE LA RÉGION !... UNE FAÇON COMME UNE AUTRE DE NOUS COINCER !
3

VOUS ÊTES INJUSTES !... MALGRÉ LA SITUATION DIFFICILE QUE CONNAÎT L'ENTREPRISE, JE SUIS D'AVIS QUE VOUS MÉRITEZ CETTE AUGMENTATION ! AUSSI, JE VOUS PROPOSE 15 CENTS DE L'HEURE EN PLUS ! AUCUN AUTRE PATRON NE VOUS DONNERA ÇA !!
15 CENTS ALORS QUE NOUS VOUS EN DEMANDONS 50 !!... Mr. DUCHAMP, NOUS TRAVAILLONS 10 HEURES POUR 1 DOLLAR ET DEMI. TANT QUE NOUS N'ARRIVERONS PAS A DEUX DOLLARS PAR JOUR _ ET JE CROIS QUE JE PEUX PARLER AU NOM DE MES CAMARADES ...
... NOUS MAINTIENDRONS NOTRE MOTION DE GREVE !
LA GREVE !
OUAIS !... BIEN PARLÉ !
50 CENTS OU RIEN !!...
LES VIGILES SONT ARRIVÉS. QU'EST-CE QUE JE FAIS ?
!!?
50 CENTS OU RIEN !
50 CENTS OU RIEN !
QUI LES A CONVOQUÉS !!?... JE N'ÉTAIS PAS AU COURANT !!!
VOTRE PÈRE ! IL A PEUR QUE ÇA DÉRAPE ...
4

DITES-LEUR IMMÉDIATEMENT DE S'ÉLOIGNER !... JE NE VEUX AUCUN INCIDENT !... VOUS AVEZ COMPRIS : AUCUN !!!
Fisherman 's Dream
DUCHAMP FUT ENTENDU ... ET MÊME SI LES VIGILES NE SE RETIRERENT PAS AUSSI VITE QUE PRÉVU, IL N'Y EUT PAS D'AFFRONTEMENTS CE JOUR-LÀ ... JUSTE L'HUMILIATION DE PASSER ENTRE DES TYPES QUI VOUS SCRUTAIENT AVEC LE REGARD MÉPRISANT D'UN LOUP AFFAMÉ ...
MA MÈRE ÉTAIT LA SEULE À POSSÉDER UNE VOITURE, UNE VIEILLE GUIMBARDE QUI REFUSAIT LE PLUS SOUVENT DE DÉMARRER ... ELLE PLONGEAIT DESSOUS ALORS JUSQU'À TROUVER LA PIÈCE DÉFECTUEUSE ... ELLE POUVAIT TOUT RÉPARER, MA MÈRE ... RIEN NE LA DÉCOURAGEAIT !!
HEU ... Mrs. JONES ?...
AH ! C'EST VOUS ...
DES PROBLÈMES ?
LA VIEILLE FERGIE ... JE CROIS QU'ELLE EST AU BOUT DU ROULEAU. UN DE CES QUATRE, ELLE VA ME LÂCHER DÉFINITIVEMENT ...
FERGIE ... C'EST UN DRÔLE DE NOM POUR UNE VOITURE ...
5

PAS VRAIMENT ... C'EST LE NOM DE MA MÈRE !
MA FOI ! J'ESPÈRE QU'ELLE SE PORTE MIEUX QUE VOTRE MÉCANIQUE ...
LOUISIANA 311.427
JE NE SAIS PAS. IL Y A LONGTEMPS QUE JE NE L'AI VUE ...
MON PÈRE AIMERAIT VOUS RENCONTRER, Mrs. JONES ... IL SE DEMANDAIT SI VOUS NE POURRIEZ PAS PASSER À LA MAISON DIMANCHE MATIN, AVANT L'OFFICE ...
CHEZ LUI ?... JE VEUX DIRE CHEZ VOUS ?... QUEL HONNEUR !
LE FAIT POUR UNE OUVRIÈRE DE POSSÉDER UNE VOITURE ME SEMBLAIT DÉJÀ ASSEZ EXCENTRIQUE ... MAIS, SI EN PLUS, JE SUIS INVITÉE PAR LES DUCHAMP ...
JE ... JE NE SERAI PEUT-ÊTRE PAS PRÉSENT. MON PÈRE DÉSIRE VOUS PARLER EN PARTICULIER ...
LOUISIANA 311.427
QUE VOUS SOYEZ LÀ OU PAS, QU'EST-CE QUE ÇA CHANGE ?
RIEN ... JE SUPPOSE.
QUOIQUE ...
MA MÈRE N'A PAS RELEVÉ. ELLE NE RÉPOND JAMAIS D'AILLEURS QUAND Mr DUCHAMP BAISSE LA TÊTE POUR CACHER SON EMBARRAS ... JE LE SAIS BIEN, MOI, À QUOI IL PENSE ... ELLE EST TRÈS JOLIE, MA MÈRE ... BIEN PLUS JOLIE QUE MOI.
6

C'EST VRAI QU'ELLE EST PLUS JOLIE QUE MOI, MA MÈRE ...
JOLIE, OUI ... MÊME QUE LE GRAND DOUG A FAIT SON PORTRAIT ... MAIS PAS PLUS QUE TOI, MA PETITE CAILLE ...
DOUG A FAIT SON PORTRAIT !?... TU ME LE MONTRERAS ?
NON ... PEUX PAS !
POURQUOI ?
PARCE QU'IL A PENSÉ À ELLE NUE, ET C'EST COMME ÇA QU'IL L'A DESSINÉE.
TOUTE NUE !!?
TOUTE NUE !
WAOWW !... QUAND UN GARÇON FERA ÇA POUR MOI !...
ÇA ARRIVERA PLUS TÔT QUE TU NE LE PENSES. MÊME QU'IL TE DEMANDERA PEUT-ÊTRE DE POSER.
ME MONTRER À UN GARÇON, POUR ÇA !... AH NON, ALORS !... JAMAIS !
ET S'IL TE PROPOSE UN CADEAU EN ÉCHANGE. CE QU'IL A DE PLUS PRÉCIEUX ...
7

TU AS QUELQUE CHOSE DE PRÉCIEUX A ME DONNER, LOUIS ?
SANS DOUTE, SI JE T'EN PARLE ...
C'EST QUOI !!?... OH LOUIS, DIS-MOI CE QUE C'EST ?!...
ATTENDS ... JE VAIS TE MONTRER ...
JE L'AI ACCROCHÉ A CETTE CORDE. PERSONNE NE PENSE JAMAIS A ALLER VOIR LÀ-DESSOUS !
WOWW ! UN REVOLVER ! IL ... IL EST ARMÉ ?
PRÊT À L'EMPLOI. TU PEUX TIRER SIX COUPS, SI TU VEUX !
D'OÙ ... D'OÙ LE TIENS-TU ?
MON PÈRE L'A PIQUÉ À L'ADJOINT DU SHÉRIF. UNE NUIT QU'ILS ÉTAIENT SAOULS TOUS LES DEUX.
JE ... JE PEUX LE GARDER ?... TU ME LE DONNES ?
C'EST... C'EST UNE ARME DANGEREUSE, DIXIE ... JE NE SAIS PAS SI ...
ON IRA CHEZ LE GRAND DOUG. IL FERA MON PORTRAIT QUE JE TE DONNERAI ...
UN SEUL ... RIEN QUE POUR TOI ... TU VEUX BIEN ?
JE ... JE VEUX BIEN, OUI ...
LOUIS ... IL NE FAUT PLUS VENIR ME CHERCHER A L'ÉCOLE ... LES GENS COMMENCENT A JASER.
SI TU PENSES QUE C'EST MIEUX ...
8

LE DIMANCHE SUIVANT, MA MÈRE SE RENDIT À L'INVITATION DONNÉE PAR LES DUCHAMP. ELLE PARTIT EN RETARD. IL ÉTAIT PRESQUE MIDI. DES VIGILES ÉTAIENT POSTÉS SUR LA ROUTE MAIS ILS LA LAISSÈRENT PASSER.
L'OFFICE BATTAIT DÉJÀ SON PLEIN. COMME CHAQUE ANNÉE, LE PRÊTRE BÉNISSAIT LA FERTILITÉ DE LA TERRE ET LES EFFORTS DE CEUX QUI L'ENSEMENÇAIENT. LES DUCHAMP TENAIENT BEAUCOUP À CETTE CÉRÉMONIE QUI TOURNAIT VITE À LA DÉMONSTRATION DE FORCE : DIEU RESTAIT DU BON CÔTÉ, LE LEUR...
9

AH! VOUS VOILA ENFIN !!
DÉSOLÉE! JE SUIS EN RETARD.
J'AVOUE QUE JE NE VOUS ATTENDAIS PLUS ... VENEZ ... MON PÈRE A ÉTÉ PRIS D'UN LÉGER MALAISE, IL A REGAGNÉ LA VOITURE ...
JE ... JE NE VOUDRAIS PAS LE DÉRANGER. JE PEUX REVENIR ...
NON ... NON ... CE N'EST PAS GRAVE. IL A INSISTÉ POUR VOUS RENCONTRER.
PÈRE ... MISS JONES VIENT D'ARRIVER.
BIEN, BIEN! DIS-LUI DE VENIR S'ASSEOIR PRÈS DE MOI!
QUI EST-CE ?... UNE NOUVELLE ?...
JE L'IGNORE. ELLE ME SEMBLE MOINS NAÏVE QUE LES AUTRES, EN TOUT CAS.
VOUS TRAVAILLEZ POUR MOI, Mrs. JONES ?
OUI, MONSIEUR.
SATISFAITE ... OU REVENDICATRICE ?
REVENDICATRICE.
10

VOUS PARLEZ COMME UNE JONES ... IL Y A DES MILLIERS DE JONES DANS CE PAYS .
JUSTEMENT ... NOUS SOMMES DES MILLIERS À REVENDIQUER NOS DROITS .
CE QUE PENSE UNE JONES NE M'INTÉRESSE PAS . PAR CONTRE ...
PAR CONTRE ...
J'AI REÇU LA VISITE D'UN DÉTECTIVE PRIVÉ . IL RECHERCHE UNE CERTAINE NADINE VREELAND . IL M'A MONTRÉ UNE PHOTO . JE LUI AI PROMIS DE FAIRE DES RECHERCHES ...
MON FILS VOUS A RECONNUE !
OH NON !!!
VOUS SEMBLEZ ABATTUE . JE NE COMPRENDS PAS . LES VREELAND SONT UNE GRANDE FAMILLE . C'EST UN HONNEUR QUE DE PORTER LEUR NOM .
VOUS POURRIEZ VOUS TROUVER À NOTRE TABLE . APRÈS TOUT, NOUS FAISONS PARTIE DU MÊME MONDE .
VOTRE TABLE OU VOTRE LIT . RETIREZ VOTRE MAIN DE MON GENOU, Mr. DUCHAMP !
FIIIIII
L'HOMME DE DIEU S'ÉTAIT RETIRÉ . UN VIGILE A DONNÉ LE SIGNAL . LA CÉRÉMONIE S'ACHEVAIT .
11

MA MÈRE EST SORTIE DE LA VOITURE. ELLE A REMIS DE L'ORDRE DANS SA TOILETTE. ELLE SEMBLAIT FURIEUSE.
ELLE EST PASSÉE PRÈS DU FILS DUCHAMP SANS LUI ADRESSER LE MOINDRE REGARD. IL N'A PAS OSÉ BOUGER. SON VISAGE ÉTAIT TOUT ROUGE.
JE ME TROUVAIS CHEZ LE GRAND DOUG A CE MOMENT-LA. DANS SA MAISON PRES DU FLEUVE. UN ENDROIT PEU FRÉQUENTABLE, AURAIT DIT Mr. HOSPOT.
QUAND TU VEUX... JE SUIS PRÊT !
LE PORTRAIT DE MA MÈRE... TU NE L'AS PAS GARDÉ ?
AH BON !... PARCE QUE TU ES AU COURANT ?!... NON, JE N'EN ÉTAIS PAS CONTENT. JE L'AI JETÉ !
J'AIMERAIS QUE TU ME DESSINES COMME TU L'AS FAIT POUR ELLE, DOUG...
A SAVOIR ?...
12

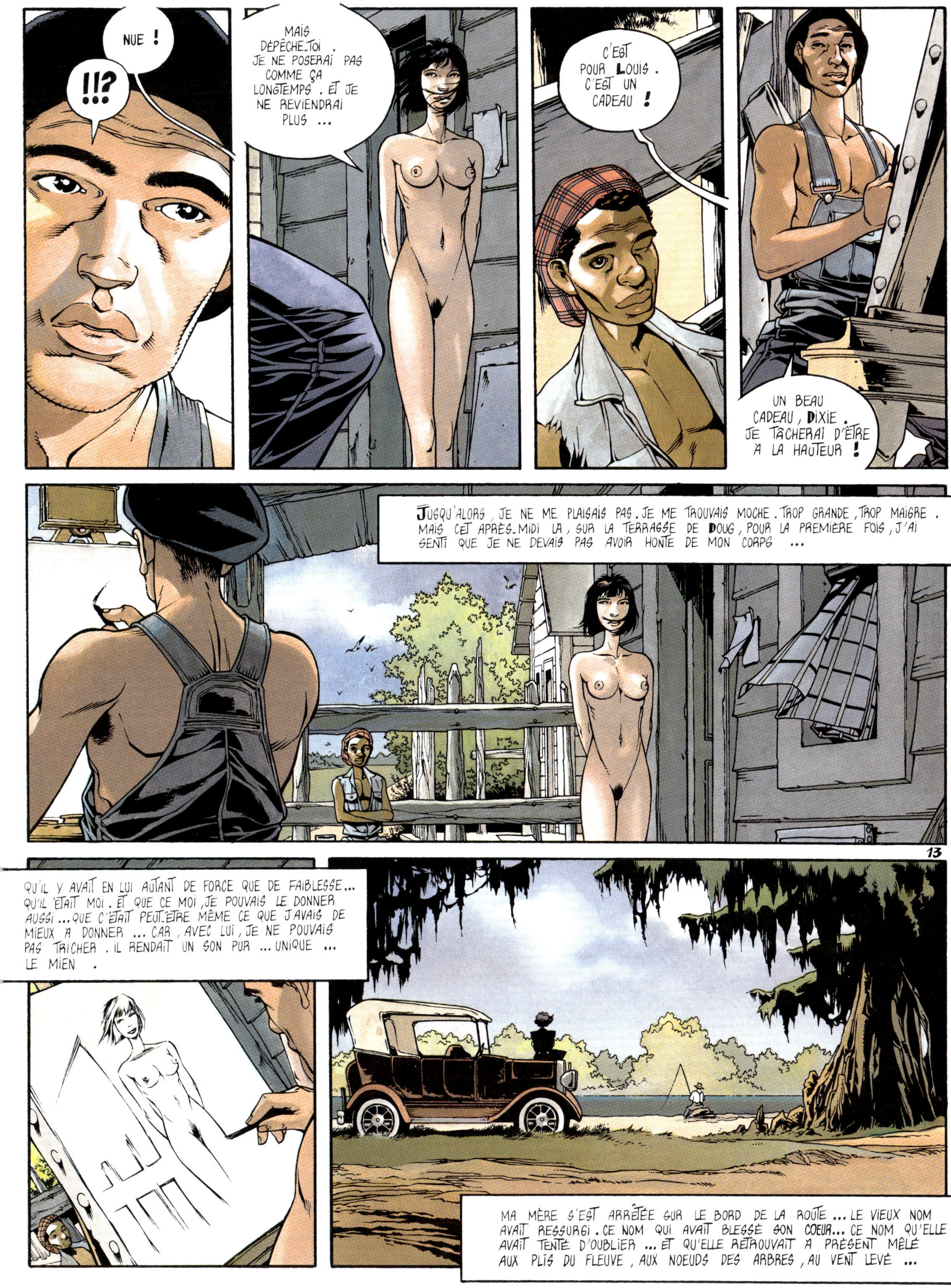
NUE !
!!?
MAIS DÉPÊCHE-TOI . JE NE POSERAI PAS COMME ÇA LONGTEMPS . ET JE NE REVIENDRAI PLUS ...
C'EST POUR LOUIS . C'EST UN CADEAU !
UN BEAU CADEAU , DIXIE . JE TÂCHERAI D'ÊTRE À LA HAUTEUR !
JUSQU'ALORS , JE NE ME PLAISAIS PAS . JE ME TROUVAIS MOCHE . TROP GRANDE , TROP MAIGRE . MAIS CET APRÈS-MIDI LÀ , SUR LA TERRASSE DE DOUG , POUR LA PREMIÈRE FOIS , J'AI SENTI QUE JE NE DEVAIS PAS AVOIR HONTE DE MON CORPS ...
13
QU'IL Y AVAIT EN LUI AUTANT DE FORCE QUE DE FAIBLESSE... QU'IL ÉTAIT MOI . ET QUE CE MOI , JE POUVAIS LE DONNER AUSSI ... QUE C'ÉTAIT PEUT-ÊTRE MÊME CE QUE J'AVAIS DE MIEUX À DONNER ... CAR , AVEC LUI , JE NE POUVAIS PAS TRICHER . IL RENDAIT UN SON PUR ... UNIQUE ... LE MIEN .
MA MÈRE S'EST ARRÊTÉE SUR LE BORD DE LA ROUTE ... LE VIEUX NOM AVAIT RESSURGI . CE NOM QUI AVAIT BLESSÉ SON COEUR... CE NOM QU'ELLE AVAIT TENTÉ D'OUBLIER ... ET QU'ELLE RETROUVAIT À PRÉSENT MÊLÉ AUX PLIS DU FLEUVE , AUX NOEUDS DES ARBRES , AU VENT LEVÉ ...

VREELAND ...
VREELAND ...
VREELAND ...
HÉ, MISS ... ÇA VOUS DIT ?...
MERCI, OUI ... JE VEUX BIEN.
BON ! TERMINÉ POUR AUJOURD'HUI ... LE FERRYBOAT VA PASSER ...
C'EST LA SEULE SOLUTION : PARTIR À NOUVEAU.
LE FERRYBOAT A TOUJOURS DONNÉ À MA MÈRE DES ENVIES DE VOYAGE. ELLE DEVAIT Y PENSER SÉRIEUSEMENT QUAND ELLE EST RENTRÉE CHEZ ELLE.
14

TIENS !... DE LA VISITE ?
IL Y A QUELQU'UN ?
ATTENTION ! IL S'ÉCHAPPE !
???
NOM DE ..! C'EST PAS VRAI !
SALE BÊTE !!! J'LUI AVAIS POURTANT DIT DE PAS BOUGER !!!
BLAM
CE ... CE N'EST PAS POSSIBLE ! JONES !... JONES !
MERDE ! J'L'AI RATÉ ! VA FALLOIR LUI COURIR APRÈS MAINTENANT !
15

UNE SURPRISE ?
EH! OUI, BABY !... C'EST MOI ! JE VOULAIS TE FAIRE UNE SURPRISE MAIS J'AI L'IMPRESSION QUE C'EST PLUTÔT RATÉ !
BEN OUI... LE COCHON QUOI...
JONES ! OH! JONES !
ILS SONT RESTÉS COMME ÇA UN LONG MOMENT. ENFIN, MON PÈRE A PRIS MA MÈRE DANS SES BRAS ET ILS SONT RENTRÉS.
LE VENT SOUFFLAIT TOUJOURS. LE GRAND ARBRE AU-DESSUS DE LA MAISON S'EST MIS À RACONTER DES HISTOIRES. CHAQUE FEUILLE ARRACHÉE ÉTAIT COMME UN MOT QUI S'EN RETOURNAIT VERS LE PASSÉ ...
ET PUIS MON PÈRE S'EST ENDORMI.
JUSQU'À CE QU'IL ENTENDE À NOUVEAU LA VOIX DE MA MÈRE.
JONES ! LES BILLETS ?!...
MMM...
16

MA MÈRE VENAIT DE DÉCOUVRIR LE SAC DE VOYAGE DE MON PÈRE. A L'INTÉRIEUR, IL Y AVAIT DU LINGE SALE ET UN TAS DE BILLETS DE BANQUE.
JONES... NE ME DIS PAS QUE... QUE TU AS RECOMMENCÉ !!?
UN DERNIER COUP, BABY, JE TE JURE... DE QUOI SE REFAIRE UNE NOUVELLE VIE !
IL Y A 23 000 DOLLARS LA-DEDANS. ET DES POUSSIÈRES...
QUAND ?... OÙ ?...
BANK
IL Y A DEUX JOURS. LA BANQUE SUR LA ROUTE DE BATON ROUGE. LE LONG DU FLEUVE.
BANK
LES VOILÀ ! J'AURAIS DÛ M'EN DOUTER !
SALUT, SHERIF ! ON A APPRIS POUR LE VOL. ON VIENT PRENDRE DES RENSEIGNEMENTS.
PAS LA PEINE, DOGAN. ON S'EST DÉJÀ MIS AU TRAVAIL !
17

EEH BIEN ! ON PEUT VOUS AIDER .
CETTE AFFAIRE CONCERNE LA POLICE . ET NOUS N'AVONS PAS BESOIN DE VOTRE AIDE !
AH OUAIS ! L'ARGENT VOLÉ APPARTENAIT À L'ASSOCIATION DES PROPRIÉTAIRES . ET ÇA ... ÇA NOUS CONCERNE ! QUE VOUS LE VOULIEZ OU NON !
ILS ÉTAIENT COMBIEN ?
DEUX ! UN JEUNE GARS AUX CHEVEUX CLAIRS ... ET ...
« ... UN HOMME PLUS FORT , PLUS ÂGÉ . IL A ÉTÉ BLESSÉ À LA TÊTE . »
ALORS ? TU TE DÉCIDES ?
C'EST ... C'EST VRAI QU'IL EST VENU ... IL N'AVAIT PLUS D'ESSENCE . ON A PU LUI EN DONNER ... MAIS IL NOUS A PAS DIT OÙ IL ALLAIT ...
NON ! T'AS RIEN COMPRIS ! C'EST PAS ÇA LA RÉPONSE QUE J'ATTENDAIS !
BLAM
NOOON !

Y'A PLUS RIEN LÀ-DEDANS ! QU'EST-CE QUE JE FOUS ENCORE ICI ?
JE M'EN VAIS ! ADIEU, AMIGO !
A... ATTENDEZ ...
... IL ... IL A PARLÉ D'UNE FEMME ... ET DE SA FILLE ... IL VOULAIT LES RETROUVER ... LA ... LA FEMME TRAVAILLE POUR LA FISHERMAN'S DREAM ...
LA FISHERMAN'S DREAM ...
OKAY ! JE TE LAISSE ...
CLIC!
CLAC
PUTAIN ! Y'A PLUS RIEN LÀ-DEDANS NON PLUS !
ÇA SE COMPLIQUE !
OUAIS ! FAUDRAIT INTERDIRE TOUTES CES MILICES PRIVÉES !
PAS ÉVIDENT ! LA PLUPART TRAVAILLENT POUR L'ASSOCIATION DES PROPRIÉTAIRES QUI DISPOSE DE PAS MAL D'APPUIS POLITIQUES !
CES TYPES SONT MÊME MIEUX PAYÉS QUE NOUS ! FAUDRA ALLER VITE. SINON, ÇA SE TERMINERA PAR UN VRAI MASSACRE !
19

ET PUIS, IL Y EUT CETTE NUIT, NUIT DE COLÈRE, SOUS DES ÉTOILES ABANDONNÉES COMME LE MAUVAIS GRAIN ÉCHAPPÉ DE LA MAIN DU SEIGNEUR.
... JE TE DEMANDE OÙ TU AS TROUVÉ CE REVOLVER ? QUELQU'UN TE L'A DONNÉ ?...
TU AS FOUILLÉ MES AFFAIRES. TU N'AS PAS LE DROIT !
TANT QUE JE PAYE LE LOYER, J'AI TOUS LES DROITS DANS CETTE MAISON. ET JE N'AI PAS FOUILLÉ TES AFFAIRES ; J'AI SIMPLEMENT REMIS DE L'ORDRE DANS TA CHAMBRE ...
C'EST COMME ÇA, QUE JE SUIS TOMBÉE SUR CETTE ARME. DE TOUTE FAÇON, JE TE LA CONFISQUE !
ELLE RESTERA DANS CETTE ARMOIRE JUSQU'À CE QUE JE PRÉVIENNE LE SHÉRIF. ET TU N'Y TOUCHES PLUS, COMPRIS ?
MA MÈRE, JE LA DÉTESTE !... ELLE EST VIEILLE, ELLE NE PEUT PAS COMPRENDRE !... JE VOUDRAIS LUI GRIFFER LE VISAGE !!!
QU'EST-CE QUE TU DIS ?
JE DIS QUE TU ES MÉCHANTE ET MAUVAISE ! PARCE QUE TU ES SEULE ... PARCE QUE PAPA EST PARTI ET QUE TU TE VENGES SUR MOI ... TOUJOURS SUR MOI !...
JE TE DÉTESTE !... JE TE DÉTESTE !!!
20

JONES ... JONES ... JE N'EN PEUX PLUS ! C'EST TROP DIFFICILE !
JONES ... VOUS L'AVEZ REVU ?
AH !... C'EST ... C'EST VOUS ?
JE PASSAIS TOUT PRÈS D'ICI !... ET ... HEU ... AUSSI, ME SUIS-JE PERMIS DE M'ARRÊTER ...
ALLEZ-VOUS-EN, DUCHAMP !... CE N'EST PAS LE MOMENT. J'AI BESOIN D'ÊTRE SEULE !...
UNE JOLIE FEMME COMME VOUS N'EST PAS FAITE POUR RESTER SEULE ...
SI VOUS VOULIEZ ...
21

JE NE VEUX RIEN, DUCHAMP. ENLEVEZ VOTRE MAIN DE LÀ.
IL EST REVENU, HEIN ?... C'EST BIEN ÇA ?...
QUI ?... DE QUI PARLEZ-VOUS ?
JONES ! COMMENT EST-CE POSSIBLE QU'UNE FILLE COMME VOUS AIT PU SE LAISSER BLUFFER PAR UN TYPE PAREIL ? UN VAURIEN, UN VOLEUR QUI ABANDONNE SA FEMME, SON ENFANT ...
FLAC!
TAISEZ-VOUS !... JE NE VOUS PERMETS PAS !!!
VOUS NE PERMETTEZ PAS, HEIN ?...
MON PÈRE AVAIT RAISON ... VOUS N'ÊTES QU'UNE PUTE !
UNE PUTE !!!
MINUTE, GANDIN ! TU VAS TROP VITE EN BESOGNE !
AAARR !...
22

FAUT PAS TROP L'ABÎMER, LA FILLE. J'AI À LUI PARLER !...
EN PRIVÉ, TU VOIS... ALORS, TU VAS NOUS QUITTER... BIEN GENTIMENT...
LÂ... LÂCHEZ-MOI !!!
COMME ÇA !
AAH !
CRAAC !
NOON !
?
PAS SI VITE ! ON A À CAUSER QUE J'TE DIS !
QUE... QUE ME VOULEZ VOUS ?... QUI ÊTES-VOUS ?
UN COPAIN... UN COPAIN À TON MARI... Y M'A FAIT UNE SALE BLAGUE !
JE... JE NE COMPRENDS PAS !
MON POGNON !... JE VEUX MON POGNON! OÙ QU'IL L'A MIS !?!
23
LAISSEZ-LA !...
?

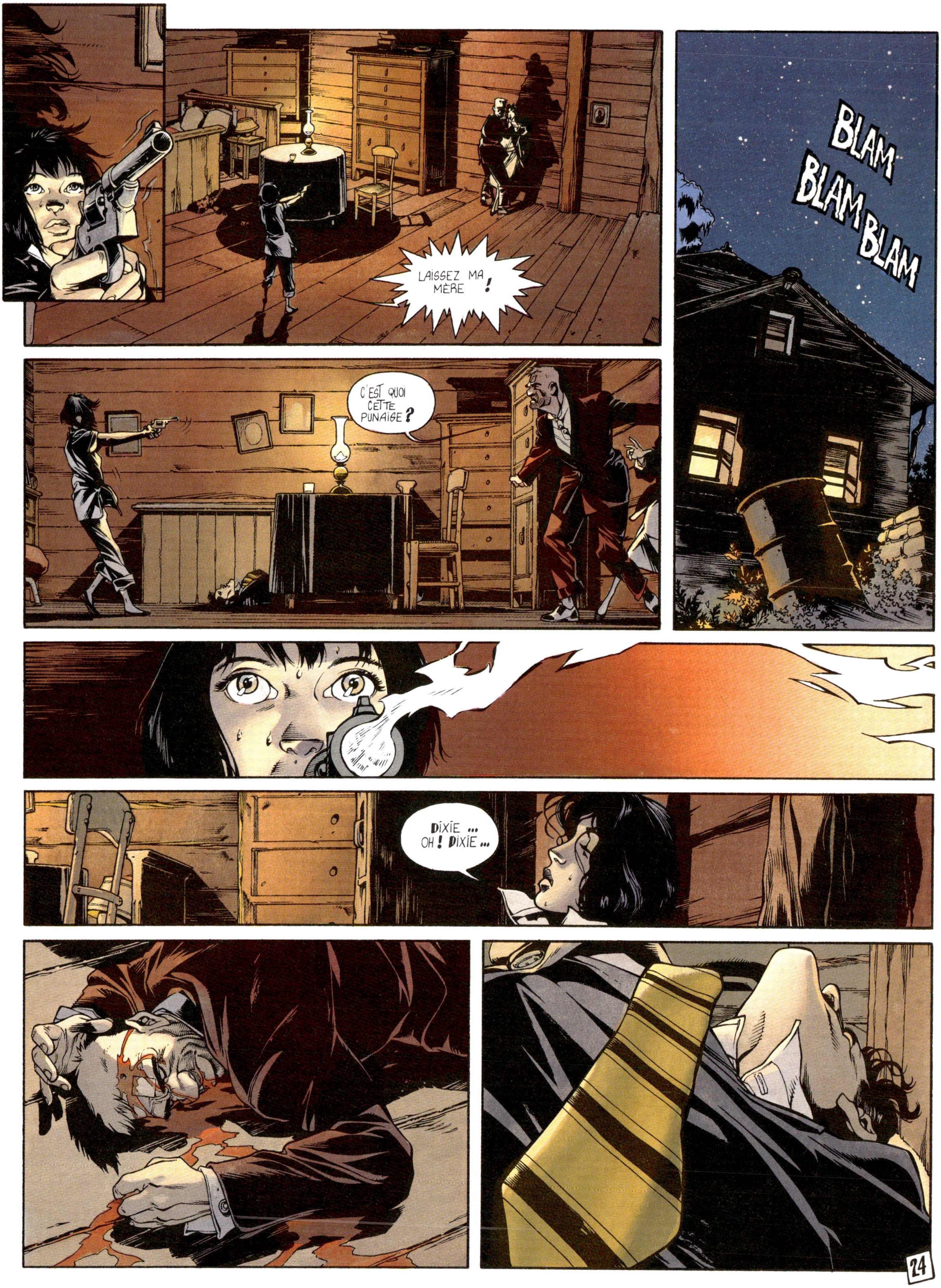
LAISSEZ MA MÈRE !
BLAM
BLAM BLAM BLAM
C'EST QUOI CETTE PUNAISE ?
DIXIE ... OH ! DIXIE ...
24

MAMAN ... MAMAN ...
DONNE-MOI ÇA !
OH ... MAMAN ... JE ... J'AI TUÉ UN HOMME ...
NON ... NON ... TU N'AVAIS PAS LE CHOIX. TU NOUS A SAUVÉ LA VIE, C'EST TOUT AUTRE CHOSE !
C'EST ... C'EST VRAI QUE PAPA EST REVENU ?
TU AS TOUT ENTENDU ?... DEPUIS LE DÉBUT ?
OUI. MAIS ... JE ... JE N'OSAIS PAS INTERVENIR. IL FALLAIT QUE J'ARRIVE À L'ARMOIRE, QUE JE CHARGE L'ARME. J'AI ATTENDU ... ET PUIS ... ET PUIS ...
TU AS BIEN FAIT. TU AS BIEN FAIT.
JONES NOUS ATTEND. JE ... JE NE SAVAIS PAS SI JE VOULAIS LE REJOINDRE ...
25

J'ESPÈRE QUE VOUS VIENDREZ, Mrs. JONES ... NE ME DÉCEVEZ PAS...
LA NUIT EST SI BELLE ...
ET TOI, MA FILLE, PETITE PERLE ABANDONNÉE AU BORD DE LA ROUTE, JE TE LE PROMETS ... NOUS DANSERONS À NOUVEAU SOUS DE BONNES ÉTOILES !
HEE! DOUG!... RÉVEILLE-TOI !! ALLONS !
MMMMMM...
QUOI !?... QU'EST-CE QUI SE PASSE ?
LA TERRE A TREMBLÉ, TU NE LE SAVAIS PAS ?... ON VIENT DE RETROUVER LE FILS DUCHAMP ; MORT ... ASSASSINÉ !
CO... COMMENT ?!?... CE... CE N'EST PAS POSSIBLE !!
OH QUE SI ! ET ON PEUT MÊME TE DIRE QUI A FAIT LE COUP !
26

LE DÉNOMMÉ JONES ! IL PARAIT QUE TU FRÉQUENTES SA FILLE ! C'EST HOSPOT QUI NOUS A APPRIS ÇA ! ON LA RECHERCHE AUSSI, FIGURE-TOI ...
ON LES RECHERCHE TOUS, EN FAIT ! TOUTE LA FAMILLE ! UNE BELLE BANDE D'ORDURES QU'ON AURAIT JAMAIS DÛ ACCEPTER DANS LE PAYS !
MERDE !
HÉ, DOGAN !... REGARDE CE QUE J'AI TROUVÉ !... UN PORTRAIT DE LA FILLE ... À POIL ! Y S'EMMERDAIENT PAS DANS LE COIN ...
UNE VRAIE PUTE DÉJÀ !... ÇA SE VOIT TOUT DE SUITE ! QU'EST-CE QUE T'EN DIS, DOUG ?
JE ... CE PORTRAIT NE M'EST PAS DESTINÉ ...
IL EST DESTINÉ À QUI, ALORS ?... FAIS GAFFE À CE QUE TU VAS RÉPONDRE, DOUG !
À ... À UN DE SES COPAINS, JE... JE CROIS.
DOGAN !
OUAIS !?...
ON A DÉCOUVERT UN TAS D'ESQUISSES DANS LA CHAMBRE, SOUS LE LIT. IL SEMBLE QUE CE SOIT Mrs JONES. ET ON PEUT PAS DIRE QU'ELLE SOIT FORT HABILLÉE ...
ALORS DOUG ... TU TE TAPAIS LA MÈRE ET LA FILLE, C'EST ÇA ?... T'ES DANS LE COUP, TOI AUSSI ?
ET CETTE ARME ? ELLE NE TE DIT RIEN ? TU NE L'AS JAMAIS VUE ?
JE ... JE NE ME SENS PAS TRÈS BIEN ... JE CROIS QUE ... QUE JE VAIS VOMIR ...
27

C'EST LÀ ?
OUAIS... AU BOUT DU BOUT DE LA ROUTE . PAS MOYEN D'ALLER PLUS LOIN ...
DITES DONC , C'EST PAS EVIDENT A TROUVER . VOUS VENIEZ SOUVENT PAR ICI ?
BAH !... LE VIEUX PADDY ET MOI, ON S'EST PRIS QUELQUES CUITES DANS LE TEMPS . EN DEHORS DU SERVICE , BIEN ENTENDU ...
TU PENSES COMME MOI ?
OUAIS , ON EST PASSÉ AVANT NOUS . ÇA SENT L'ESSENCE ... ET LA POUDRE ...
SHIT !!!
C'EST LUI ?
LE VIEUX PADDY ?... OUI .
HMM !
NE BOUGEZ PAS !... ON VA VOUS CHERCHER DE L'AIDE !
L... LOUIS ... ILS ONT EMMENÉ LOUIS .
LE ... LE REVOLVER ... LOUIS L'AVAIT TROUVÉ ... JE ... JE NE M'EN ÉTAIS PAS RENDU COMPTE ...
LE REVOLVER !... QUEL REVOLVER ?
28

LE... LE TIFN, BUD... JE... JE TE L'AVAIS "EMPRUNTÉ" UN SOIR QUE TU... ÉTAIS P... PASSÉ À LA MAISON...
MERDE ! C'ÉTAIT TOI !
VOUS AVIEZ SIGNALÉ LA DISPARITION DE VOTRE ARME ?
OUI... ENFIN, JE CROIS.
ON EN REPARLERA. POURQUOI EN VEULENT-ILS À TON FILS, PADDY ?
ILS... ILS ONT FRAPPÉ LOUIS JUSQU'À CE QU'IL AVOUE... IL A DONNÉ L'ARME À LA FILLE JONES. ILS... ILS SONT PERSUADÉS QUE SES PARENTS S'EN SONT SERVI POUR... POUR LIQUIDER QUELQU'UN...
UN... UN TYPE QU'ILS RECHERCHENT. PARAÎT QU'IL LEUR A VOLÉ DU POGNON... QU'IL TRAVAILLE AVEC LES JONES... JE... JE NE SAIS PAS, MOI... J'Y COMPRENDS RIEN... QU'ILS ME RAMÈNENT MON FILS, C'EST TOUT CE QUE JE DEMANDE...
SCHÉMA CLASSIQUE, MONSIEUR. APRÈS LE HOLD-UP, JONES REJOINT SA FAMILLE, IL EST ACCOMPAGNÉ DE SON COMPLICE. ARRIVE LE PARTAGE DU BUTIN. ILS SE BAGARRENT. UN DES JONES TIRE. L'AFFAIRE EST RÉGLÉE, TOUT LE FRIC EST À EUX.
CE QUI, POUR MOI, EST MOINS CLAIR, C'EST LA PRÉSENCE DE VOTRE FILS SUR LES LIEUX DU DRAME. QU'ALLAIT-IL FAIRE CHEZ CES GENS-LÀ ?
CETTE PUTAIN — LA FEMME JONES — L'INTÉRESSAIT. IL A DÛ SURGIR AU MAUVAIS MOMENT.
ILS N'ALLAIENT PAS S'ENCOMBRER D'UN TÉMOIN. ILS L'ONT TUÉ AVANT DE PRENDRE LA FUITE.
29

C'EST LUI ?
OUAIS. 'Y DEVAIT COUCHER AVEC LA FILLE. 'SONT TOUS DE LA MÊME BANDE.
NÉGRO !... TU VAS BIEN M'ÉCOUTER !... MON FILS EST MORT PARCE QU'IL LUI ARRIVAIT DE FRÉQUENTER LA RACAILLE ; DES GENS DE TON ESPÈCE !... C'ÉTAIT SON SEUL TORT ET IL EN EST MORT !
ALORS, LA RACAILLE, MOI, JE VAIS LA BALAYER, L'ANÉANTIR ...
... JUSQU'À CE QU'IL N'EN RESTE PLUS RIEN !!!
SEULEMENT LE SILENCE ... ET CET AIR QU'IL AIMAIT TELLEMENT... COMMENT ÉTAIT-CE DÉJÀ ?...
... AH OUI ... " COTON BLANC, COTON BLANC ... COMME LA ROBE DE MA BIEN-AIMÉE ..."
..." VOLE, COTON BLANC ... VOLE AU BOUT DE MES BRAS ... COMME MON AMOUR S'ENVOLE AU BOUT DES CHAMPS ... COTON BLANC ... COTON BLANC."
FINISSEZ-EN, DOGAN !... JE VOUS REVERRAI LORSQUE VOUS M'APPORTEREZ LA TÊTE DES JONES. LA TÊTE ... RIEN QUE LA TÊTE !
ATTENDEZ !... VOUS ... VOUS N'ALLEZ PAS ... JE ... CE N'EST QU'UN ENFANT !
ÇA, UN ENFANT !?... VOUS VOULEZ RIRE ! UNE EXCROISSANCE TOUT AU PLUS !
30

ET LES EXCROISSANCES, ÇA POUSSE TROP EN PAGAILLE !!! FAUT Y METTRE DE L'ORDRE !...
... ALLEZ, VOUS AUTRES !
DIXIE ... OÙ ES-TU ?... J'AI PEUR. JE NE VEUX PAS MOURIR.
CLACC
IIIIIIIII
TONGGG
31

ET TU ES PARTIE EN LAISSANT TOUT DERRIÈRE TOI !?... LES ... LES DEUX CORPS ... L'ARME ... MAIS TU ES FOLLE, MA PAROLE ! IL FALLAIT M'APPELER !
T'APPELER QUAND J'AI BESOIN D'AIDE ! DÉSOLÉE, JONES ! C'EST UNE HABITUDE QUE J'AI PERDUE DEPUIS LONGTEMPS .
C'EST DINGUE ! ON VA LES AVOIR TOUS AUX FESSES, À PRÉSENT !... J'M'EN SORTIRAI JAMAIS COMME ÇA, MOI !
TOI !... TOI !... JE VOIS QUE TU N'AS PAS CHANGÉ !... RASSURE-TOI, VA : NOUS NE T'ENCOMBRERONS PAS . JE ME DÉBROUILLERAI BIEN DE MON CÔTÉ . TU PEUX REPARTIR ...
ET... ET LA GAMINE ?... ELLE NE VIENT MÊME PAS M'EMBRASSER ...
JE LUI AI DIT D'ATTENDRE . QU'IL FALLAIT QUE JE TE PARLE AVANT ...
ELLE EST TRÈS FORTE . ELLE A SUBI UN CHOC MAIS ELLE S'EN REMETTRA. JE TE DIS ÇA PARCE QUE JE SUPPOSE QUE TU T'INQUIÈTES POUR SA SANTÉ ...
TU CROIS QU'ELLE VEUT ME REVOIR ? ELLE ME DÉTESTE SANS DOUTE ...
JE NE SAIS PAS. VA LUI DEMANDER.
32

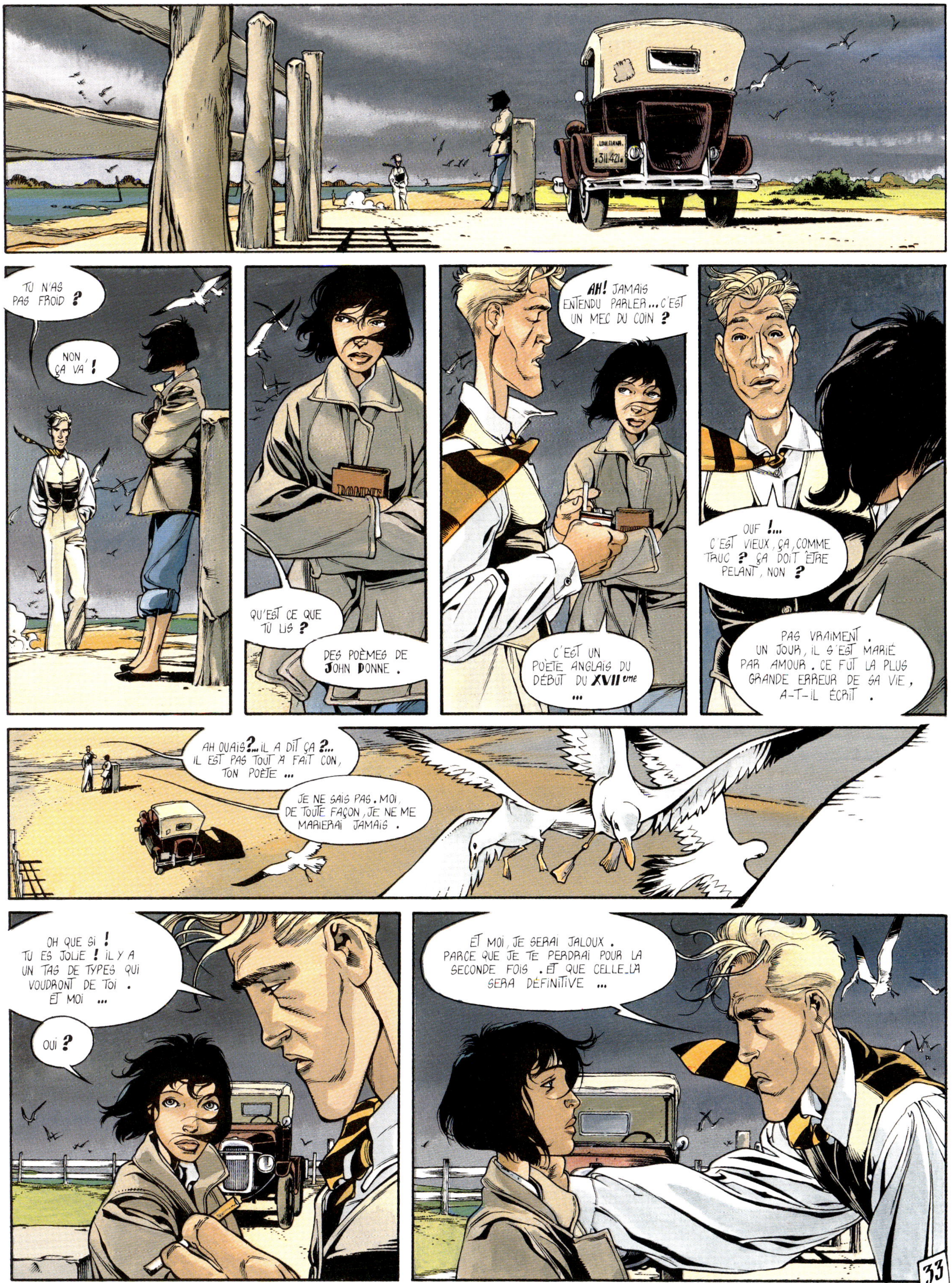

TU N'AS PAS FROID ?
NON, ÇA VA !
QU'EST CE QUE TU LIS ?
DES POÈMES DE JOHN DONNE.
AH! JAMAIS ENTENDU PARLER... C'EST UN MEC DU COIN ?
C'EST UN POÈTE ANGLAIS DU DÉBUT DU XVIIème ...
OUF !... C'EST VIEUX, ÇA, COMME TRUC ? ÇA DOIT ÊTRE PELANT, NON ?
PAS VRAIMENT. UN JOUR, IL S'EST MARIÉ PAR AMOUR. CE FUT LA PLUS GRANDE ERREUR DE SA VIE, A-T-IL ÉCRIT.
AH OUAIS ?... IL A DIT ÇA ?... IL EST PAS TOUT À FAIT CON, TON POÈTE...
JE NE SAIS PAS. MOI, DE TOUTE FAÇON, JE NE ME MARIERAI JAMAIS.
OH QUE SI ! TU ES JOLIE ! IL Y A UN TAS DE TYPES QUI VOUDRONT DE TOI. ET MOI ...
OUI ?
ET MOI, JE SERAI JALOUX. PARCE QUE JE TE PERDRAI POUR LA SECONDE FOIS. ET QUE CELLE-LÀ SERA DÉFINITIVE ...
33

ON N'EST JALOUX QUE DE CEUX QU'ON AIME. ET TOI, TU NE M'AIMES PAS. SINON, TU NE SERAIS PAS PARTI.
PUTAIN ! JE NE SAIS PLUS QUOI TE DIRE ! J'ARRIVE PLUS À TE PARLER !... J'AIMERAIS TELLEMENT QUE L'ON REPARTE ENSEMBLE, TOUS LES TROIS !...
TU CROIS VRAIMENT QUE C'EST IMPOSSIBLE ?
JE N'AI PAS RÉPONDU IMMÉDIATEMENT.
IL AVAIT UN CHARME FOU, MON PÈRE. J'AVAIS À LA FOIS ENVIE DE ME JETER DANS SES BRAS ET DE LE MORDRE JUSQU'AU SANG...
JE LUI AI DIT D'ALLER CHERCHER MAMAN. QUE J'ATTRAPAIS FROID. SUR LE VISAGE DE MON PÈRE, IL Y A EU UN RAYON DE SOLEIL QUI S'EST ATTARDÉ. PUIS TOUT A DISPARU.
DOUG...
AH ! C'EST TOI !? MAIS...
... QU'EST-CE QUI TE PREND ?... P... POURQUOI CETTE ARME ?... T'ES FOU !?
ILS ONT TUÉ MON FILS, DOUG !... ILS L'ONT PENDU À LA BRANCHE D'UN ARBRE.
34

C'EST TOI QUI LES AS RENSEIGNÉS ...
... TOI QUI LEUR A PARLÉ DE LOUIS ...
HEE !... ATTENDS !
J'POUVAIS PAS PRÉVOIR, MOI ! C'EST LES JONES QU'Y CHERCHAIENT ...
FAUT... FAUT COMPRENDRE, P... PADDY ...
JE NE COMPRENDS PLUS QU'UNE CHOSE, DOUG ...
BLAÔÔÔÔW
J'AVAIS UN FILS. JE NE L'AI PLUS !
TOI, TU LE VOIS PEUT-ÊTRE, A PRÉSENT ? EST-IL HEUREUX, DOUG ?
NON. IL N'EST PAS HEUREUX...
... IL NE DEMANDAIT QU'À VIVRE, MON LOUIS... DIFFICILE A CROIRE, HEIN ?
35
Scrash
POUR UN NOIR QUI BOITE, QUI EST LAID ... COMME MOI. MAIS C'EST LUI QUI EST PARTI ET C'EST MOI QUI RESTE !...
POURQUOI EST-CE QUE JE RESTE ?... C'EST IDIOT !... PAS VRAI, DOUG ?...

BOOOO
South River Line
Mr. DUCHAMP ?... HEU, OUI ... JE PEUX VOUS CONDUIRE CHEZ LUI !
36

TOUTES LES ROUTES SONT EN AUSSI MAUVAIS ÉTAT DANS CE PAYS ?
Mr. DUCHAMP HABITE UN COIN ISOLÉ, ASSEZ DIFFICILE À ATTEINDRE.
?
QU'EST-CE QUE C'EST QUE ÇA ?
ÇA, C'EST UN COCHON. ET IL BARRE LA ROUTE !
IL EST BLESSÉ...
... IL NE PEUT PLUS BOUGER. ON DIRAIT QU...
BLAM
AAHH!
IL EST MORT, MAINTENANT !... VOUS POUVEZ LE TIRER SUR LE CÔTÉ !
MAIS C'EST QUI CE TYPE ?... IL EST DINGUE, MA PAROLE !!!
FOUTU BLED !
37

LA FAMILLE DE MISS VREELAND A BIEN REÇU VOTRE LETTRE, Mr. DUCHAMP...
...IL S'AGIT EFFECTIVEMENT DE LEUR FILLE, NADINE. ELLE TRAVAILLAIT DONC CHEZ VOUS, SOUS LE NOM DE JONES, SON MARI ?
JONES, OUAIS !... SEULEMENT, IL Y A DU NOUVEAU, LES JONES, Y SONT MORTS !... FINIS, FOUTUS, LES JONES !
JE VOUS DEMANDE PARDON ?
PASSEZ DANS LA PIÈCE À CÔTÉ, VOUS COMPRENDREZ !
MON FILS. LES JONES L'ONT TUÉ !...
...ON L'ENTERRE DEMAIN.
QUE PENSEZ-VOUS DE LA MORT, Mr. KEENA ?
QU'ELLE PUE, Mr. DUCHAMP !
38

Nadine
VOILÀ TOUT LE DOSSIER ...
... DEUX MOIS D'ENQUÊTE. J'AI ENVOYÉ LES PRINCIPAUX DOCUMENTS À Mr VREELAND !
IL LES A BIEN REÇUS. VOUS AVEZ FAIT DU BON BOULOT. Mr VREELAND A APPRÉCIÉ. LA FILLE ... COMMENT ÉTAIT-ELLE ?
1 Peer
JE NE L'AI ENTREVUE QU'UNE FOIS. Mr VREELAND M'AVAIT DEMANDÉ D'AGIR LE PLUS DISCRÈTEMENT POSSIBLE. ELLE M'A SEMBLÉ JOLIE ... MAIS TRISTE !
HUMM...
LOUISIANA
state dep't
CIVIL act.
2 Peer
EH BIEN, VOTRE TRAVAIL S'ACHÈVE. VOUS AVEZ RETROUVÉ LA FILLE VREELAND. JE ME CHARGE DU RESTE !
UNE DERNIÈRE CHOSE ...
Company
LORSQUE J'AI MONTRÉ LA PHOTO DE LA FILLE À DUCHAMP, J'AI VU DANS SES YEUX UN REFLET TROUBLE ... UN TRUC VICIEUX QUE JE N'AI PAS AIMÉ. MÉFIEZ-VOUS DE LUI !
HONEYGAN SHIPS Office
JE ME MÉFIE DE TOUT LE MONDE, OLD MAN !... ET SURTOUT DE MES ALLIÉS !!!
39

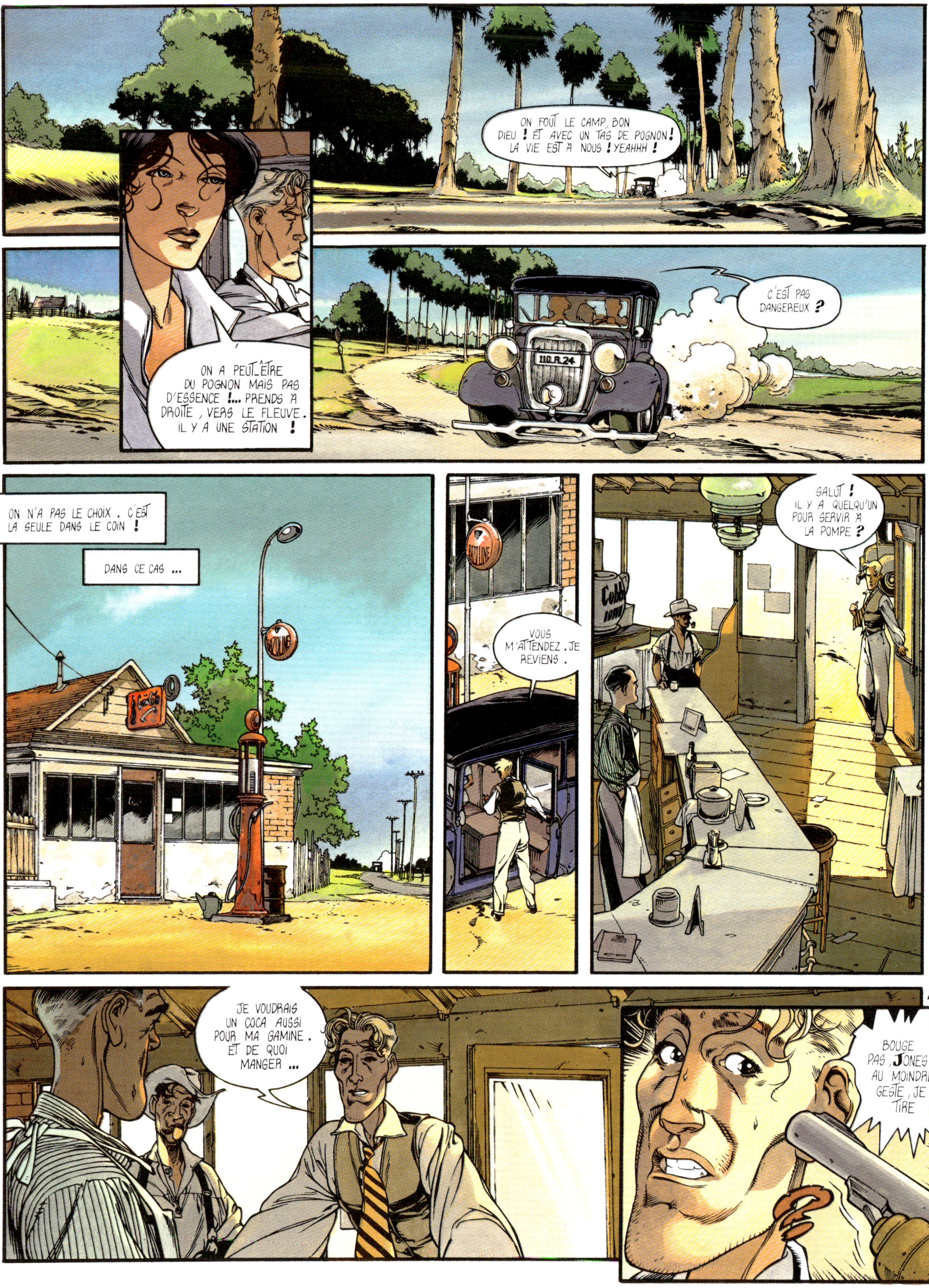
ON FOUT LE CAMP, BON DIEU ! ET AVEC UN TAS DE POGNON ! LA VIE EST À NOUS ! YEAHHH !
ON A PEUT-ÊTRE DU POGNON MAIS PAS D'ESSENCE !... PRENDS À DROITE, VERS LE FLEUVE. IL Y A UNE STATION !
C'EST PAS DANGEREUX ?
ON N'A PAS LE CHOIX. C'EST LA SEULE DANS LE COIN !
DANS CE CAS...
VOUS M'ATTENDEZ. JE REVIENS.
SALUT ! IL Y A QUELQU'UN POUR SERVIR À LA POMPE ?
JE VOUDRAIS UN COCA AUSSI POUR MA GAMINE. ET DE QUOI MANGER...
40
BOUGE PAS, JONES ! AU MOINDRE GESTE, JE TIRE !

TOURNE-TOI ... DOUCEMENT ... TU VAS APPELER TES COMPLICES ...
MES COMPLICES ? SHIT ! VOUS N'Y ÊTES PAS DU TOUT, LES GARS !
MAMAN ! Y'A PAPA QUI NOUS APPELLE !
TU AS PRIS LE SAC ?
OUI. J'AIME PAS M'EN SÉPARER !
?!!
MAINS EN L'AIR ! ALLONS ! DÉPOSEZ CE SAC !!!
SHÉRIF !... ELLES N'ONT RIEN À VOIR AVEC CETTE HISTOIRE !... VOUS ATTAQUEZ PAS À ELLES !
TA GUEULE ! TU PARLERAS QUAND ON TE LE DIRA !
TU LUI METS LES MENOTTES, AL !... ET TU LE CONDUIS À L'ARRIÈRE !
41

MERDE ! MERDE ! MERDE !
LES CLÉS DE LA VOITURE !?
ELLES SONT SUR LE VOLANT.
BUCK... TU PEUX ME RENDRE UN SERVICE ?.. J'AI BESOIN DES CLÉS !
J'Y VAIS, SHÉRIF !
HUDSON
Regular
Truck PARTS
AVANCE !
ÇA VA ! ÇA VA ! PAS BESOIN DE POUSSER !
LA CLÉ !
HMM?
QUI SE TROUVE À L'INTÉRIEUR, BUCK ?
D... DOGAN !?
BLAM
? ?
SHÉRIF ! JE SAIS QUE VOUS ÊTES LÀ ! MONTREZ-VOUS ! ON A À CAUSER !
42

TUM
HAAAR!
C'EST QUOI, CE COUP DE FEU ?
VOUS OCCUPEZ PAS! JE VAIS ALLER VOIR !
CRAC!
DÉSOLÉ, VIEUX !
C'EST MOI, DOGAN ! QU'EST-CE QUE VOUS ME VOULEZ ?... POURQUOI CE COUP DE FEU ?
POUR VOUS PRÉVENIR, SHERIF ! ON SAIT QUE LES JONES SONT AVEC VOUS. TOUT CE QU'ON VOUS DEMANDE, C'EST QU'Y SORTENT !... LE RESTE, C'EST PAS VOTRE PROBLÈME !
OUAIS!
MERDE!
SALOPERIE!
45

QUE COMPTEZ-VOUS FAIRE, SHÉRIF ?
JE... JE VAIS LEUR PARLER. NE VOUS MONTREZ PAS SURTOUT !
DOGAN !... ARRÊTEZ CETTE PLAISANTERIE !... CES GENS APPARTIENNENT À LA JUSTICE !... ILS SERONT JUGÉS COMME IL CONVIENT... VOUS N'AVEZ AUCUN DROIT SUR EUX !
'Y LES LÂCHERA PAS, DOGAN ! 'Y VONT NOUS ÉCHAPPER !
UNE PLAISANTERIE, HEIN !?...
BOM
BLAM
... ET ÇA, C'EST UNE PLAISANTERIE !
... EH BIEN... TIREZ, VOUS AUTRES !
BLAM BLÂÂÂM BLA
PAS DE TÉMOINS ! AUCUN TÉMOINS !
NADINE ! DIXIE !
BLAM
BLAM PAW
BLAM BLAM BLAM PAW BLAM
COUCHEZ-VOUS ! COUCHEZ-VOUS !
44
ARRÊTEZ, BORDEL ! J'ENTENDS PLUS RIEN !

PAPA !
CHUT !... ON VA S'EN SORTIR, MA PUCE ! NE T'EN FAIS PAS !
MA BAGNOLE... D... DANS LA COUR ARRIÈRE...
CLAC CLAC
FOUTEZ LE CAMP !... VITE !...
DIXIE !?
ÇA, ON LE GARDE !
ROOOOOOMMMM
ON Y VA ! FAITES GAFFE !
LA VOITURE !?... TIREZ !
BLAM
CRAAC
45

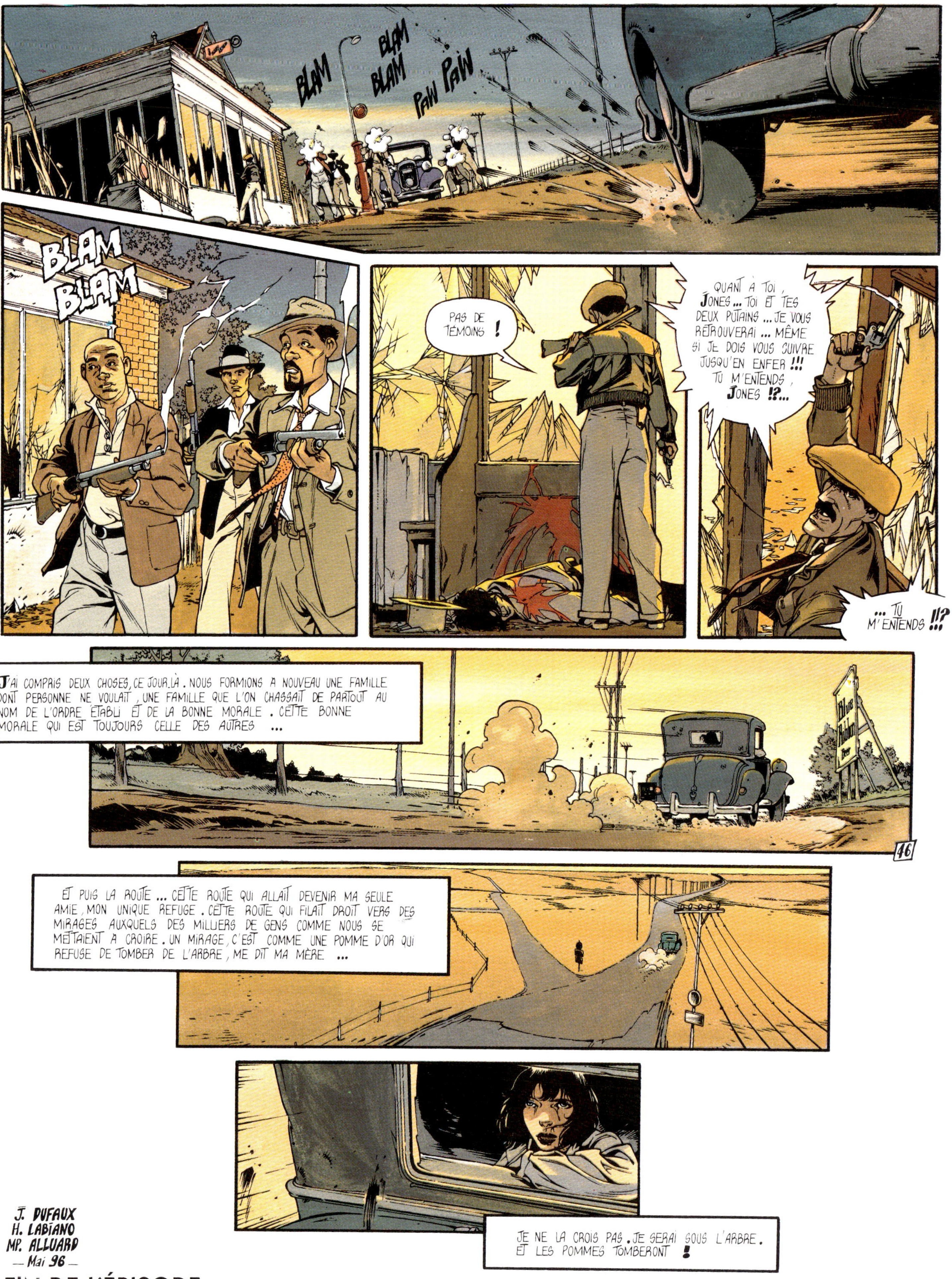

FIN DE L'ÉPISODE